Tara Duncan

Mes meilleurs amis

W0362080

Seuil
Flammarion

TARA DUNCAN

et l'équipe Alpha

TARA DUNCAN
Première de l'équipe Alpha

Tara a dix-sept ans. Elle est la petite-fille d'Isabella Duncan, sortcelière réputée, avec qui elle vit depuis que sa mère a disparu. Elle est étudiante.

Jets de magie De couleur bleue.
Familier Galant, un Pégase haut de deux mètres et équipé de serres rétractiles.
Cristal portatif et Pierre Vivante

CALIBAN DAL SABAN, dit Cal

Deuxième de l'équipe Alpha

Cal a dix-huit ans. Fils d'une famille de Voleurs Patentés, il est malin; farceur, il est le roi des gadgets. Il travaille dans un vidéoclub.

Jets de magie De couleur or.
Familier Blondin, un renard.
Cristal portatif Doté de rayons X permettant de voir à travers les murs.

GLORIA DAAVIL, dite Moineau

Troisième de l'équipe Alpha

Moineau a dix-sept ans. Elle est l'arrière-arrière-arrière-arrière-petite-fille de la Belle et la Bête. Elle peut se transformer en monstre de trois mètres de haut. Elle travaille dans une animalerie.

Jets de magie De couleur rose.
Familier Sheeba, une panthère argentée.
Cristal portatif Connecté aux intelligences artificielles d'AutreMonde.

L'univers de TARA DUNCAN

LA PLANÈTE AUTREMONDE

Située dans la galaxie du Pégase, la planète magique AutreMonde est composée de royaumes et d'Empires dirigés par des sortceliers qui sont dotés de pouvoirs magiques. Il en existe de différentes espèces : elfes, dragons, harpies, loups-garous, sirènes, salterens, tritons, Vampyrs, zombies…

Les Semchanach sont des sortceliers renégats qui ont renié les lois d'AutreMonde et qui viennent sur Terre pour voler des richesses ou des pouvoirs qui n'existent pas sur AutreMonde.

Les Guetteurs sont chargés de chasser les Semchanach. Le chef des Guetteurs et gardien de la Terre est le dragon bleu Chemnashaovirodaintrachivu, dit « Maître Chem ».

SUR TERRE

D'AutreMonde, on accède à la Terre par une porte de transfert. Sur Terre vivent les Nonsos, les humains « non sortceliers » à qui il faut cacher l'existence de la magie.

L'équipe Alpha – composée de Tara, Cal et Moineau – est sur Terre pour chasser et capturer les Semchanach. Ils vivent tous les trois à Rosemond dans un manoir avec leurs familiers, ainsi que Isabella Duncan, la grand-mère de Tara, et Manitou, son arrière-grand-père transformé en chien.

Contrairement à Cal et à Moineau, qui sont AutreMondiens, Tara a été élevée sur Terre et ne maîtrise pas très bien ses pouvoirs, tellement ceux-ci sont puissants.

Chapitre 1

Le point faible

— Quelle cuisson pour votre entrecôte : saignante ? À point ? Bien cuite ?

— Crue.

Johanna, la serveuse de la *Sorcière d'Argent*, le café-restaurant du centre de Rosemond, lève les yeux de son carnet de commandes. A-t-elle bien entendu ? Cette cliente doit confondre l'entrecôte avec une autre pièce de viande.

Je suis désolée, madame, nous ne proposons pas de steack tartare, car nous n'avons pas de machine à hacher la viande…

— Petite dinde, siffle la cliente, s'il me venait l'envie de hacher de la viande, tu peux être sûre que je n'aurais pas besoin d'une humaine sans le moindre pouvoir magique ! Sale Nonsos !

Johanna ignore que cette femme fait allusion aux griffes qu'elle possède, aussi tranchantes que des lames de rasoir.

— De quoi m'avez-vous traitée ? demande la serveuse, qui n'a pas l'habitude de se laisser insulter sans réagir.

La Vampyr Serena essaie de rester calme. À travers les lunettes de soleil qui dissimulent ses yeux jaunes phosphorescents, elle jette un regard méprisant à cette humaine qui ose lui tenir tête, à elle, la sortcelière renégate la plus recherchée d'AutreMonde, que certains appellent aussi la Semchanach aux mille victimes.

Heureusement pour Johanna, Serena n'est pas venue ici pour assouvir ses instincts meurtriers. Personne ne doit savoir qu'elle est sur Terre. Trop de monde est à ses trousses. Au moindre coup de dents intempestif de sa part, tous les Guetteurs – ces sortceliers envoyés par AutreMonde pour protéger la Terre et les Nonsos – la repéreraient et lui tomberaient dessus *illico*.

La Vampyr redoute surtout que cette insolente n'attire sur elle l'attention d'une autre cliente de la *Sorcière d'Argent*, installée à quelques mètres…

— Par l'Obeissus !

Serena claque des doigts, créant ainsi une étincelle magique dont le bref éclat suffit à dilater les pupilles de la serveuse et à imposer sa volonté.

— Je veux de la viande crue… et dégoulinante, précise Serena à voix basse.

— Une entrecôte pour la deux. Pas de cuisson. C'est noté. Je vous apporte ça tout de suite, madame, prononce la serveuse avec une voix d'automate.

La jeune femme prend la direction des cuisines avec la démarche d'une majorette en plein défilé.

Serena reprend son observation discrète. Elle occupe le box le plus éloigné du bar et, de là, peut avoir une vue dégagée sur tout le café. La jeune fille qu'elle épie lui tourne le dos. Il s'agit d'une jolie blonde de dix-sept ans installée à une table haute près des grandes fenêtres donnant sur la rue. Plongée dans sa lecture, elle mâchouille machinalement cette étrange mèche blanche qui lui pare le visage.

« Tara Duncan ! »

Héritière d'une puissante famille de sortceliers, Tara est un des Guetteurs en poste sur

Terre les plus redoutés par les Semchanach, à l'image de sa mère Séléna, aujourd'hui disparue, et de sa grand-mère Isabella, qui l'a recueillie à Rosemond.

Serena se retient de sauter sur la jeune fille. Ses canines la démangent, mais même avec sa force de Vampyr elle aurait très peu de chances de la surprendre. Tara Duncan, malgré son jeune âge, possède des réflexes étonnants et ses pouvoirs magiques sont très impressionnants pour une humaine. Sans parler de sa bande d'amis, les Guetteurs de la fameuse équipe Alpha, Cal et Moineau, qui ne manquent pas une occasion pour rappliquer dare-dare à la moindre difficulté !

Non, cette fois-ci, Serena a eu suffisamment de mal à s'enfuir de prison sur AutreMonde et à emprunter en cachette une porte de transfert menant à la Terre. Il serait idiot de tout gâcher sur un coup de sang. Patience ! La Terre est à ce prix !

« La Terre ! » Jamais monde n'a eu nom plus doux à l'oreille de la Vampyr. La Terre ! Une réserve inépuisable de nourriture et d'esclaves potentiels. Quand elle pense à tous ces milliards de bons petits plats sur pattes et au sang chaud, dont personne ne peut profiter, la Vampyr sent monter en elle une colère sourde face à un tel gâchis ! Pourquoi a-t-il fallu qu'AutreMonde légifère un jour pour interdire de se nourrir des autres créatures douées de conscience et d'intelligence ! Que c'est ridicule !

Serena, elle, a décidé de vivre selon ses propres règles, quitte à devenir un paria pourchassé par les siens, ainsi que par toutes les polices de tous les gouvernements d'AutreMonde. Mais elle sait que tous les Vampyrs ne sont pas d'accord avec cette loi. Ils attendent juste qu'un nouveau chef leur montre la voie.

« Et ce chef, ce sera MOI ! » clame-t-elle intérieurement.

Pour commencer, il faut déjà se débarrasser des Guetteurs, et plus particulièrement des plus dangereux d'entre eux : l'équipe Alpha.

Le regard de la Semchanach glisse le long de la nuque de Tara. Un sourire cruel retrousse ses babines, découvrant des canines proéminentes.

— Un point faible… Il faut que je trouve son point faible, murmure la Vampyr.

Ignorant tout du danger qui la guette, Tara reste plongée dans sa lecture jusqu'à ce qu'un autre groupe d'adolescents entre dans le café. Deux filles et deux garçons, sensiblement du même âge qu'elle.

— Ce sera la fête la plus grandiose qui aura été organisée à Rosemond cette année, croyez-moi ! claironne la grande fille brune qui vient d'entrer.

— C'est… C'est cool… répondent les garçons, des jumeaux qui semblent avoir été entraînés

un peu malgré eux dans le sillage de ces filles.

— Tu es TROP TROP géniale ! minaude la deuxième fille, une petite blonde à lunettes.

— Je sais. Je crois même que je vais inviter toute notre promo !

— Tu es TROP TROP généreuse, s'extasie son amie en battant des avant-bras comme si elle souhaitait s'envoler.

Le petit groupe recherche une table disponible.

Le regard de la brune croise celui de Tara.

— Enfin… quand je dis toute la fac, c'est PRESQUE toute la fac, dit-elle à voix encore plus haute.

Tara lève les yeux au ciel puis fait semblant de se replonger dans son livre.

Ainsi, Sandra Leylock, la peste de la fac, organise une fête chez elle ce soir et ne compte absolument pas l'y inviter. Tara hausse les épaules. Pour ce qu'elle aurait eu envie d'y aller, de toute façon ! C'est la finale du championnat du monde de basket ce soir à la télévision.

Malgré tout, elle ne peut s'empêcher d'avoir un petit pincement au cœur en regardant les deux frères Cristov s'installer à la même table que Sandra et Livia. Jordan et Jérémy sont ses seuls amis Nonsos à Rosemond High, car ils partagent avec elle une même passion, le basket ! Les Cristov comptent parmi les meilleurs joueurs de la ville. Voilà pourquoi, lorsqu'ils ont proposé à Tara de faire partie de leur équipe de basket de rue, la jeune fille s'est senti pousser des ailes… ailes que Sandra, d'une jalousie maladive, essaie à tout prix de lui couper.

Les deux frères font un petit signe de la main à Tara, mais Sandra intervient aussitôt pour détourner et accaparer leur attention.

— Regardez ce que j'ai ! s'écrie-t-elle en brandissant un morceau de plastique rectangulaire. Une des cartes de crédit de mon père ! Il m'a autorisée à acheter ce que je veux pour ma

soirée. Qu'est-ce qui vous ferait plaisir ? demande-t-elle aux jumeaux.
Tara esquisse un sourire.
« Ma pauvre Sandra, si tu crois que les Cristov vont venir à ta soirée pour fifille-à son papa un soir de finale, tu te mets le doigt dans l'œil ! »

Quiconque connaît un minimum les deux frères sait pertinemment que ce qui n'est pas rond, orange et rebondissant présente très peu d'intérêt pour eux.

La suite semble donner raison à la jeune fille. Jordan et Jérémy se regardent, gênés, puis se lèvent de table.
— C'est gentil de vouloir nous inviter, Sandra, dit Jordan, mais tu comprends, ce soir, c'est la finale de…
— J'ai oublié de vous dire, l'interrompt Sandra, mon père a reçu le dernier écran géant panoramique avec traitement d'images en très haute définition. Il occupe tout le mur de notre salon !

Les Cristov se rassoient aussitôt, très intéressés. Tara serre les dents. Cette peste a tout prévu !

— Il paraît que le son est génial, continue Sandra, on a l'impression d'être dans un vrai stade !

— Nous pourrons regarder le match ce soir ? demande Jérémy, qui n'en revient pas.

— Bien sûr, répond Sandra, à condition que vous soyez nos cavaliers pour le reste de la soirée.

Les deux frères se regardent. L'offre est tentante.

— À part nous trois, demande Jérémy, qui comptes-tu inviter ?

— Je vous l'ai dit : tout le monde, enfin presque… sauf Tara Duncan.

Le silence s'installe aussitôt, et tous les regards se portent vers la table voisine. Tara fait semblant d'être absorbée par sa lecture.

— Pourquoi pas Tara ? demande Jordan. Qu'est-ce qu'elle t'a fait ?

— Mais absolument rien, minaude la peste, c'est juste que j'ai décidé que ce serait une soirée « couple ». Il faut venir accompagné. Et comme vous êtes nos cavaliers à moi et à Livia et que Tara n'a pas d'autres amis à la fac, je ne voudrais pas qu'elle fasse tapisserie. Ce ne serait pas sympa pour elle.

C'en est trop : Tara referme son livre d'un coup sec, se lève, prend son sac de cours et va droit à la table de Sandra. Très gênés, les jumeaux baissent les yeux, ne sachant pas trop quoi dire.

Tara se contente de défier Sandra du regard puis tourne les talons et quitte la *Sorcière d'Argent*.

Dans le box voisin, Serena n'a pas perdu une miette de la scène. Elle se réjouit d'avoir suivi Tara jusqu'ici. La jeune sortcelière a trahi ses sentiments lorsque les autres ont annoncé qu'elle n'avait pas d'amis. Serena a entendu le cœur de Tara se mettre à battre plus fort et sa respiration devenir aussi plus saccadée. Les sens décuplés d'un Vampyr ne peuvent se tromper.

— Voilà qui est très intéressant, chère Tara : tu souffres de ne pas avoir d'amis Nonsos. Qu'est-ce que ce serait alors si en plus tu n'avais plus d'amis sortceliers ? Je sais enfin comment t'atteindre !

La serveuse revient et dépose sur la table une entrecôte, crue à souhait.

— Bon appétit… murmure la serveuse, toujours sous l'effet du sort.

La Vampyr se contente de se saisir de la viande à pleines mains et de la presser au-dessus de son verre avec une force incroyable. Une fois celui-ci rempli de sang, elle le boit d'un grand trait.

— Correct, éructe-t-elle. Je reviendrai peut-être.

Elle se lève sans payer et part en suivant Tara.

Une fois dans la rue, Serena se jette discrètement un Habillus afin que ses vêtements d'AutreMonde disparaissent au profit d'habits plus discrets.

Tara fait une première halte à un vidéoclub, d'où elle ressort en compagnie d'un garçon de son âge que la Vampyr reconnaît : Caliban, le Voleur Patenté qui fait partie de l'équipe Alpha et qui travaille ici.

Les deux amis se rendent dans une animalerie. Là, c'est une jeune fille aux longs cheveux bruns qui se joint à eux.

— Gloria, dite Moineau, la Bête du Lancovit ! L'équipe Alpha est au complet, grimace Serena en continuant de se glisser dans les pas de Tara.

Tara, Cal et Moineau gagnent les hauteurs de Rosemond en direction du Manoir Duncan. Le silence de Tara surprend ses amis. Elle semble plongée dans ses pensées.

— Tu n'as pas l'air dans ton omelette, ma vieille, constate Cal avec une expression de son cru.

L'invention de Cal a le mérite de faire sourire Tara.

— Cal, on dit *dans ton assiette*, pas *dans ton omelette!* le reprend Moineau, lassée.

Étant originaire de la planète AutreMonde, Cal a encore beaucoup de mal à retenir les expressions terriennes sans les mélanger.

— Je vais bien, ne vous inquiétez pas, répond Tara d'une petite voix. C'est encore cette peste de Sandra Leylock. Elle a invité toute la fac à sa fête ce soir, sauf moi. J'ai beau essayer de m'intégrer à Rosemond High, il y a toujours une Sandra pour me rappeler que je ne suis pas… enfin… que je suis différente. Tout à l'heure, à la *Sorcière d'Argent*, j'ai bien cru que j'allais la transformer en caniche à pompons roses! Heureusement, j'ai imaginé la tête que ferait Maître Chem, et je me suis retenue. Mais c'était moins une!

Chemnashaovirodaintrachivu, que tout le monde préfère appeler « Maître Chem » pour d'évidentes raisons de prononciation, est le chef des Guetteurs envoyés sur Terre. C'est un dragon un peu autoritaire qui distribue les missions aux différentes équipes réparties sur le globe, dont l'équipe Alpha. Tous les sortceliers redoutent ses célèbres colères lorsqu'il apprend qu'un Guetteur a utilisé ses pouvoirs devant les Nonsos.

— Ce qui serait encore plus drôle, propose la malicieuse Moineau, c'est d'envoyer un Mintus sur Sandra afin qu'elle oublie sa propre fête.

Le Mintus est un sort d'amnésie et Tara sourit en imaginant la tête ahurie de cette pimbêche voyant toute la fac débarquer chez elle « à l'improviste ».

— Vous oubliez une chose, les filles, relève Cal. Cette horripilante Mlle Leylock fait partie de ces Nonsos sur qui la magie ne fonctionne pas très bien.

Les trois membres de l'équipe Alpha sont bien placés pour le savoir. Lors de missions passées, Sandra est déjà venue jouer les fouineuses et les a surpris à plusieurs reprises en pleine démonstration de leurs pouvoirs. Chaque fois, les Mintus réussirent juste à brouiller ses souvenirs, jamais à les effacer complètement. Ce qui explique en partie pourquoi Sandra déteste tellement Tara. Non seulement elle est jalouse, mais en plus elle soupçonne Tara d'être une sorte de sorcière, bien qu'elle ne puisse pas le prouver.

— Une soirée privée avec les plus jolies étudiantes de Rosemond High… soupire Cal, il faut absolument que je trouve un moyen de me faire inviter !

— Ta solidarité me touche beaucoup, Cal, constate Tara.

Le jeune garçon attrape aussitôt ses deux amies par les épaules.

— Je disais ça pour rire, ma vieille. Pour rien au monde je ne voudrais manquer une soirée en votre compagnie… D'autant plus que ce

soir il y a la grande finale de basket à la télévision. On se fait un plateau-repas géant au Manoir, ça vous va ?

Tara ne répond rien. Elle pense aux frères Cristov. En vérité, elle comptait aussi les inviter pour regarder la finale. Pour une fois qu'elle avait l'occasion d'approfondir une amitié avec des gens normaux, Sandra a tout gâché avec son histoire de fête et d'écran géant !

Cal sort un ballon de basket miniature de sa poche et le lance en l'air. Un jet doré part de ses mains et le frappe en plein vol, lui redonnant ainsi sa taille normale.

— Si j'étais un Terrien, je suis sûr que je serais un grand joueur de basket ! s'écrie-t-il en s'élançant sur le chemin de terre montant vers le Manoir, balle aux pieds.

Moineau s'élance à son tour pour disputer la balle à Cal, qui tente de la dribbler… toujours avec les pieds.

Tara s'apprête à leur rappeler que le basket

se joue avec les mains mais se ravise. Voir ses amis jouer ainsi dans la bonne humeur lui fait réaliser sa bêtise. Elle est là à se plaindre de ne pas avoir d'amis Nonsos alors que Cal et Moineau ont tout abandonné sur Autre-Monde pour venir faire équipe avec elle, ici, sur Terre et la soutenir lorsque sa mère a disparu sans laisser de traces. Les petites manigances de Sandra Leylock sont ridicules face à une telle preuve d'amitié. Qui à Rosemond peut se vanter d'avoir comme meilleurs amis un jeune voleur aussi malin qu'un renard et une descendante de la Belle et la Bête, capable de se transformer en une créature extraordinaire ?

C'est donc le cœur léger que Tara se dirige vers ses amis en riant. Elle ne sent pas le sort qui la frappe dans le dos et traverse son cœur de part en part.

— Chère Tara, tu vas vite comprendre que l'amitié est une chose très fragile !

Dissimulée derrière un mur en pierre, Serena jubile. Le Contraignus Pernicius qu'elle vient d'envoyer à son ennemie est comme elle les aime : tordu et imparable !

Le piège s'est refermé. Les heures de l'équipe Alpha sont comptées.

Ainsi que celles de Tara Duncan.

Chapitre 2

Le Contraignus Pernicius

Le Manoir Vivant est une des plus jolies bâtisses de la région de Rosemond. Entourée par un magnifique parc arboré, la propriété Duncan surplombe la ville et offre une vue dégagée sur la baie.

Malgré l'interdiction de sa grand-mère, qui tient au bon état de son parc comme à la prunelle de ses yeux, Tara et ses amis ont investi le carré de pelouse devant le perron pour y dresser un filet de volley-ball. Moineau arbitre un match entre Cal et Tara. Cette dernière est déchaînée. À chaque point qu'elle marque, elle crie, elle saute, elle danse, sans perdre une occasion de narguer son adversaire. Quand elle perd un point, elle n'a de cesse d'accuser soit son ami de tricher, soit Moineau d'être myope.

Après un nouveau point gagné par Tara, Cal ramasse le ballon aux pieds de Moineau.

— Que lui arrive-t-il ? murmure Moineau à l'oreille de son ami.

— J'ignore quelle *couche* l'a piquée ! Je ne l'ai jamais vue comme cela ! s'étonne le jeune sortcelier.

— Pas la peine d'essayer d'acheter l'arbitre, Cal ! Je suis la plus forte ! crie Tara de l'autre côté du filet.

Les deux camarades restent sans voix. Comment leur meilleure amie peut-elle imaginer qu'ils essaient de tricher ?

— Mais, Tara… tente de dire Moineau, ce n'est qu'une simple partie pour s'amuser, tu ne trouves pas que tu y mets trop de cœur ?

— C'est vous qui avez préféré jouer au volley plutôt qu'au basket ! Vous avez pensé que cela vous permettrait de me battre, eh bien c'est raté !

Cal ne répond rien et se met en position, prêt à recevoir l'engagement de son adversaire. Tara sert avec rage. Elle saute et frappe. La balle ne laisse aucune chance à Cal… ni à l'arbitre Moineau, qui reçoit le rebond en plein visage. Le choc provoque aussitôt la métamorphose de la jeune fille en une créature cornue à l'épaisse fourrure, haute de trois mètres.

— Aïe ! Faute ! crie Moineau sous sa nouvelle forme, stoppant net Tara dans ses réjouissances.

— Quoi ? s'énerve Tara. J'ai marqué sur mon

service !
— Non, répond Cal, tu as mordu la ligne.
— Dites tout de suite que j'ai triché ! crie Tara.
Cal et Moineau se regardent à nouveau, complètement désemparés.
— Tara ? Qu'est-ce qui t'arrive ? C'est cette histoire de fête qui te met de mauvaise humeur ou quoi ? demande Cal.
— JE N'EN AI RIEN À FAIRE DE CETTE FÊTE ! hurle Tara. Tu n'as qu'à y aller, toi, puisque tu en meurs d'envie, monsieur-le-grand-séducteur !
— Tu ne me parles pas comme ça, s'emporte le jeune sortcelier, sinon…
— Sinon quoi ? répond Tara du tac au tac.
Elle active sa magie. Une boule d'énergie bleu nuit apparaît autour de ses mains, prête à se transformer en projectile. Par réflexe d'autodéfense, Cal fait de même et un feu doré enveloppe ses avant-bras, prêt également à jaillir.
— Ça suffit ! s'interpose Moineau, toujours

sous l'apparence d'une bête.

— Au secours, j'ai peur ! ironise Tara en se moquant de Moineau. Toi aussi, tu n'as qu'à y aller à cette fête, mais vérifie avant si c'est costumé, sinon toi et tes puces risquez de faire tache !

— JE N'AI PAS DE PUCES ! s'emporte Moineau.

Le collier de Tara se transforme en un magnifique Pégase au pelage blanc. De la taille d'un cheval, ses membres se terminent non pas par des sabots, mais par de puissantes serres. L'envergure de ses ailes est impressionnante. Galant le Pégase est le familier de Tara, et il s'est matérialisé afin de lui prêter main-forte. Quelle n'est pas sa surprise en découvrant que Moineau et Cal sont les adversaires de sa jeune maîtresse !

Tara tourne aussitôt sa colère sur le nouvel arrivant.

— Je ne t'ai pas sonné, Galant ! Par le Transformus !

Le jet de magie percute le Pégase et le ren-

voie sous sa forme de collier. Tara l'attrape au vol et le fourre rageusement dans sa poche de jean.

Cal et Moineau sont interloqués. Un familier est comme le prolongement de soi-même. Comment une sortcelière comme Tara peut-elle parler ainsi à son propre familier ? Instinctivement, Cal et Moineau ont chacun mis la main sur leur propre collier, comme pour protéger l'animal – un renard pour Cal, une panthère pour Moineau – auquel chaque sortcelier est relié mentalement. C'est uniquement pour des raisons de discrétion que sur Terre les Guetteurs sont obligés de garder leur compagnon sous forme de pendentif, sinon ils préféreraient les voir gambader autour d'eux comme sur AutreMonde. Non ! Vraiment ! Personne n'oserait renvoyer son familier comme Tara vient de le faire !

— Qu'avez-vous à me regarder ainsi ? s'étonne Tara d'une voix cassante. D'ailleurs, je vous ai assez vus. Partez de chez moi !

— Nous habitons ici… lui fait remarquer Moineau après avoir repris forme humaine.

— Plus maintenant ! lui répond Tara. Je ne veux plus vous voir ! Disparaissez ou je m'en charge.

Moineau va pour lui répondre, mais Cal lui attrape le bras.

— Au vidéoclub ! Par le Transmitus !

Un halo de lumière scintillante et dorée enveloppe les deux sortceliers et les fait disparaître.

— Bon débarras ! s'exclame Tara.

— Que diable se passe-t-il ici ?

Une dame âgée se tient sur le perron, accompagnée d'un labrador bien ventru.

— Tara Duncan ! Veux-tu s'il te plaît ranger cette horreur ! exige Isabella Duncan en montrant du doigt le filet de volley dépareillant la pelouse de sa propriété.

— Range-le toi-même, Grand-Mère ! Je ne

suis pas ta bonne.

Isabella échange un regard étonné avec le chien, mais la digne vieille dame reste imperturbable.

— Parle-moi sur un autre ton, jeune fille ! ordonne-t-elle.

— JE TE PARLE SUR LE TON QUE JE VEUX !!!

Le jet de magie d'Isabella Duncan fuse à la vitesse de l'éclair. L'énergie violette soulève Tara du sol et lui fait traverser les airs jusqu'au premier étage, avant de la projeter à l'intérieur par la fenêtre ouverte de sa chambre. Tara s'écrase contre son lit tandis que la fenêtre se referme derrière elle dans un claquement sec.

Du perron, la grand-mère lance un sort sur le filet de volley, qui disparaît dans un nuage de fumée.

— Quelle diplomatie ! dit le chien d'une voix faussement neutre.

— Ne commence pas à me faire des leçons

d'éducation, Papa, s'il te plaît ! s'emporte Isabella.

Manitou Duncan, l'arrière-grand-père de Tara, qu'une expérience ratée a transformé en labrador, se gratte l'oreille.

— Je suis inquiet, dit-il. Je n'ai jamais vu Tara s'énerver de la sorte. Je me demande bien ce qu'elle a.

— Dix-sept ans, voilà ce qu'elle a ! décrète Isabella en retournant dans la maison. Le Symposium des Hauts Mages intergalactique ne va pas tarder à commencer, nous allons être en retard. Tara étant punie, je dois laisser mes consignes de sécurité à Caliban ou à Gloria. Où sont-ils, ces deux-là ? Manoir ? Sont-ils dans nos murs ?

La porte d'entrée claque deux fois, marquant ainsi la réponse négative.

— Ces adolescents vont me rendre chèvre ! s'emporte Isabella.

— Nous ferions la paire dans ce cas, ma chère

fille, ironise Manitou.

Isabella lève les yeux au ciel. Quelle famille !

— Allez, en route, Papa. AutreMonde nous attend. Par le Transmitus !

Isabella et Manitou Duncan disparaissent dans un éclair violet.

De leur côté, au vidéoclub, Cal et Moineau se morfondent. Le comportement étrange de Tara inquiète les deux Guetteurs.

— Franchement, c'est à n'y rien comprendre, s'emporte Cal. Tara n'a jamais parlé à quelqu'un comme elle nous a parlé. Même à un Semchanach !

— Peut-être est-elle malade… propose Moineau. Ses pouvoirs magiques sont si grands qu'ils entraînent sans doute avec le temps des effets secondaires. Je serais d'avis que l'on prévienne sa grand-mère.

— Je connais Isabella, elle va commencer par punir tout le monde avant même de chercher à comprendre ce qui se passe.

— J'ai une autre idée, dit Moineau.

La jeune sortcelière active le cristal qu'elle porte au poignet. La pierre se transforme en un terminal de communication hypersophistiqué, composé de plusieurs cadrans tactiles.

— Demande de communication intergalactique pour Maître Chem. Localisation : Palais de Travia au Lancovit, AutreMonde, articule Moineau à haute et intelligible voix.

Une fois la communication établie, la tête d'un dragon bleu apparaît sur l'un des cadrans.

— Moineau ? s'étonne le chef des Guetteurs. Un souci ?

— C'est au sujet de Tara, dit Moineau. Elle semble… bizarre. Elle s'énerve pour un rien et…

— Elle nous a chassés du Manoir, ajoute Cal en s'immisçant dans la conversation.

Le dragon pousse un soupir fatigué.

— Vous vous êtes disputés ? Écoutez, jeunes

gens, je n'ai pas trop le temps en ce moment pour vos états d'âme. Nous sommes en situation de crise, ici ! Une Vampyr renégate du nom de Serena a réussi à s'échapper de la prison de haute sécurité où elle était détenue en Krasalvie. Tout le monde est sur les dents pour la retrouver. Nous redoutons qu'elle profite du Symposium intergalactique des Hauts Mages, qui a lieu aujourd'hui pour commettre un attentat. J'appellerai Tara pour qu'elle mette un peu d'eau dans son vin, c'est promis. Je vous laisse.

L'image de Maître Chem s'efface et le cristal reprend sa forme normale. Cal se gratte la tête, signe que quelque chose le chiffonne.

— Je n'ai pas bien compris l'histoire du mélange…

— Quel mélange ? s'étonne Moineau.

— Pourquoi veut-il que Tara mette de l'eau dans du vin ? Quel est le rapport ?

Moineau lève les yeux au ciel. Ce garçon

est parfois exaspérant.

Pendant ce temps, Sandra Leylock fait le tour des boutiques du centre-ville de Rosemond, achetant tout ce dont elle a besoin pour sa fête : nourriture, boissons et décorations. Livia, faisant office de porteuse, ploie sous les paquets et commence à avoir du mal à suivre son amie.

Après avoir dévalisé une dernière pâtisserie, les deux filles prennent la direction de la demeure des Leylock. Sandra éteint son téléphone portable, très satisfaite.

— Le compte est bon ! Ma dernière invitée vient de me confirmer sa venue ce soir. Nous serons au complet !

Sandra s'apprête à ranger son calepin lorsqu'une idée angoissante lui fait recompter la liste de ses invités.

— Horreur ! s'écrie-t-elle. Nous avons un garçon de trop !

Livia ne voit pas où est le problème, bien

au contraire !

— Réfléchis ! peste Sandra. « L'équation parfaite » !

Livia comprend de moins en moins. Une équation ? Depuis quand a-t-on besoin de mathématiques pour faire la fête ? Sandra lui explique.

— La première règle, dans une fête, c'est d'avoir le même nombre de garçons et de filles. Sinon, pendant les slows, il y aura forcément un garçon qui ne pourra pas danser. Et quand un premier garçon ne danse pas, il y en a toujours un deuxième qui va discuter avec lui. Résultat ?

Livia se concentre et arrive à la même effroyable conclusion :

— La fille qui devait danser avec le deuxième reste au buffet à s'empiffrer de cacahuètes !

— Et si cette fille, c'était moi ? pleurniche Sandra. Tu te rends compte ? Faire tapisserie à ma propre fête ! Je ne peux pas courir le risque d'une telle humiliation ! Qu'est-ce qu'on fait ?

— On n'ouvre pas les cacahuètes ? propose Livia, sincère.

Sandra se met à trépigner, hystérique, comme si un insecte s'était accroché à ses cheveux.

— Je ne pourrais pas supporter la honte de manquer un seul slow à ma propre fête !

Livia compatit.

— Ce serait un désastre… comme… comme un désert aride sans la moindre oasis… ou pire !

— Pire ? demande Sandra d'une petite voix.

— Des soldes un jour de pluie !

La vision est trop horrible. Livia en fait tomber toutes leurs courses sur le trottoir.

Tranquillement installée à la *Sorcière d'Argent*, Serena jubile. La Vampyr n'a rien manqué des disputes entre Tara, ses amis et sa grand-mère. Son cristal, dissimulé dans un poudrier, lui retransmet en direct l'image de Tara ensorcelée. La jeune fille est toujours

dans sa chambre, prostrée sur son lit.

Tara ne comprend pas ce qui lui arrive. Elle se sent seule. Abandonnée. Son regard croise celui de la photographie de sa mère, Séléna Duncan, posée près de son lit. Elle a un visage doux et son sourire est tendre. Aussitôt, Tara sent revenir sa colère et se met à lancer contre la photo ce qui lui tombe sous la main, tout en accusant sa mère des pires choses.

À la *Sorcière d'Argent*, Serena rit à gorge déployée. Son plan fonctionne à merveille. Tara n'aura bientôt ni amis ni famille pour la soutenir ; la Vampyr s'en réjouit.

Soudain, son rire s'étrangle : Tara vient d'enlever la photo du cadre et, au lieu de la déchirer, la jeune sortcelière reste immobile, le regard plongé dans celui de sa mère.

Cette photo, c'est Tara elle-même qui l'avait prise juste avant le départ de Séléna Duncan pour cette mission secrète sur AutreMonde, d'où elle n'est jamais revenue. Si elle avait su que ce serait la dernière fois qu'elle la verrait... Tout ce que Tara aurait aimé lui dire une dernière fois... Tous ces regrets... Tous ces mots qu'elle aimerait pouvoir prononcer à nouveau un jour... Tout cet amour et cet espoir que Tara refuse d'abandonner !

Au bout de quelques instants, Tara semble avoir repris possession d'elle-même. Elle range la photo dans une de ses poches et incante un Transmitus qui la fait disparaître.

La Vampyr martèle la table de ses poings. Son plan a une faille qu'elle n'avait pas prévue. Serena sort en trombe du café. Elle croit deviner où se rend Tara.

Chapitre 3

La fin de l'équipe Alpha ?

Sandra et Livia sont assises sur le trottoir, l'air hagard. Pendant que Sandra passait une heure au téléphone à essayer en vain de trouver une fille à inviter, Livia a eu tout le temps de bien entamer le stock de cacahuètes. Sandra est obnubilée par cette fichue « équation parfaite » pour réussir une soirée. Car il faut que cette fête soit à son image : parfaite !

Soudain, elle aperçoit Tara Duncan qui traverse la rue pour entrer dans le vidéoclub. Il reste encore quelqu'un à qui elle n'a pas demandé ! Tout n'est pas perdu.

Sandra attrape Livia, qu'elle serre de toutes ses forces. Elles sont sauvées !

— Attention… tu écrases… les chips, réussit à articuler Livia.

À l'intérieur du vidéoclub règne un silence pesant. C'est l'heure creuse, il n'y a aucun client. Moineau aide Cal à faire un peu de tri, mais ils avancent lentement. Le cœur n'y est pas. Toutes leurs pensées sont tournées vers Tara et son comportement étrange.

La surprise est donc grande lorsque la porte de la boutique sonne et que Tara entre.

La jeune fille blonde hésite un instant, la

tête lui tourne et des pensées hargneuses lui viennent dès qu'elle aperçoit ses deux amis. Machinalement, elle pose la main contre la poche de son jean et sent à travers le tissu la photo de sa mère. Elle visualise son doux sourire et aussitôt s'apaise.

— Salut, dit-elle avec difficulté, je... je suis venue pour m'excuser. Je ne sais pas ce qui m'a pris...

De l'autre côté de la vitrine, Serena comprend qu'il y a urgence à intervenir. Elle aperçoit la photo qui dépasse de la poche de Tara.

— Par le Derobus ! incante-t-elle.

En proie à des sentiments contradictoires, Tara fait tellement d'efforts pour lutter contre elle-même qu'elle ne sent pas la photo qui glisse hors de sa poche. Lorsqu'elle cherche à nouveau le contact de la photo, il est trop tard. Plus rien ne peut la retenir...

Seul Cal remarque que quelque chose est tombé de la poche de Tara. Mais l'attention du jeune sortcelier est détournée par le changement d'attitude immédiat chez Tara.

— Vous deux ! J'attends vos excuses ! s'écrie-t-elle.

Moineau et Cal se regardent : ça recommence !

— De quoi veux-tu que nous nous excusions ? assène Moineau.

— Ça suffit ! crie Tara.

— Hé, oh, ma vieille ! s'emporte Cal. Tu vas nous faire le plaisir de te calmer, et nous expliquer une bonne fois ce que tu nous reproches...

— Par le Levitus ! hurle Tara en guise de réponse.

Un jet d'un bleu sombre fonce sur Cal et Moineau.

— Attention ! crie Cal en poussant Moineau hors de la trajectoire de l'attaque.

Tous deux plongent sous le comptoir.

— Tu as vu la couleur de sa magie ? halète Moineau. Tara est ensorcelée !

Le comptoir s'envole tout à coup pour aller se fracasser dans l'arrière-boutique. Cal et Moineau sont à découvert.

— Par l'Opacus ! crie Cal.

Un halo doré entoure Cal et Moineau et les fait disparaître dans la seconde. Tara pousse un cri de rage et envoie des sorts dans tous les coins sans réussir à les atteindre. Invisibles, les deux amis parviennent à se réfugier au plafond en utilisant leurs pouvoirs de lévitation.

En contrebas, Tara se déchaîne. Ses jets de magie renversent et détruisent tout ce qui se trouve sur sa trajectoire.

— Ma boutique ! gémit Cal.

— Cal, chuchote Moineau, il faut la neutraliser avant qu'elle attire l'attention d'un passant ou blesse quelqu'un, nous n'avons pas le choix. Ensemble ! Un, deux, trois…

— Par l'Assommus ! crient en chœur les deux sortceliers.

Le rose et le doré jaillissant de leurs mains frappent Tara à l'estomac. La jeune fille part à la renverse, glisse à travers tout le magasin et échoue inconsciente sur une pile de DVD.

Dans la rue, Serena exulte. L'équipe Alpha vient de se déchirer sous ses yeux. Mission réussie ! Une fois Tara définitivement rejetée par ses amis, elle n'en sera que plus vulnérable. Ce n'est maintenant qu'une question de temps avant qu'elle puisse s'en prendre à la fille de Séléna Duncan et la vaincre. La satisfaction de voir son plan couronné de succès lui ouvre l'appétit. Elle retourne d'un pas décidé à la *Sorcière d'Argent*. En partant, la Vampyr manque de bousculer Livia disparaissant sous ses paquets.

Dans le vidéoclub, Cal et Moineau redeviennent visibles et atterrissent au milieu du carnage. Ils ne font pas attention au bruit

sourd contre la vitrine.

Il s'agit de la tête de Sandra, qui, en s'évanouissant, a heurté la vitre. La Nonsos a assisté à tout le combat. Entre les meubles qui valsent, ceux qui se fracassent, les amis de Tara qui disparaissent, volent, le tout dans un déluge de lumières et de feux d'artifice… Trop c'est trop !

Le visage écrasé contre la vitre, Sandra glisse vers le sol tout en murmurant :

— Je le savais… Tara… sorcière… Je… le… savais…

— Tu savais quoi ? demande Livia, dont le champ de vision est restreint par les paquets et qui n'a rien vu des événements du vidéoclub. Sandra ? Où es-tu ? Qu'est-ce que tu fais par terre à baver contre la vitrine ? Beurk !

À l'intérieur, les deux amis sont sans voix devant le corps inerte de Tara. Cal jette un regard angoissé à Moineau, dont les yeux sont pleins de larmes.

Comment eux, des amis aussi soudés, ont-ils pu en arriver là ?

Chapitre 4

L'enquête

Cal et Moineau n'ont pas le choix : il est urgent de mettre Tara en sécurité au Manoir. L'état de leur amie ne permettant pas d'utiliser un Transmitus, les deux jeunes sortceliers décident de la porter.

Soutenant chacun Tara par les épaules, ils sortent de la boutique, que Cal ferme à double tour en ajoutant une petite affiche : « Fermé pour cause de travaux ».

Les Guetteurs manquent de percuter une montagne de paquets qui tangue dangereusement sur le trottoir, obstruant le passage.

— Vous ne pouvez pas faire attention ? râle Cal.

Livia se tord le cou et aperçoit celui pour qui elle a un sacré faible.

— Bonjour, Caliban, minaude Livia, comment vas-tu ?

— Je suis légèrement occupé, répond Cal d'un ton sec. Nous raccompagnons Tara, qui ne se sent pas très bien, alors excuse-nous…

Ils essaient de passer, mais Livia se remet devant eux.

— Justement ! Sandra avait quelque chose à dire à Tara, n'est-ce pas, Sandra ?

Au son de son prénom, la jeune fille se redresse péniblement en s'appuyant contre la vitrine du vidéoclub. Son esprit nage dans un brouillard épais engluant ses pensées dans des souvenirs confus. Son regard hagard glisse de Livia à Cal, puis à Moineau, avant de s'arrêter sur Tara. Et là, tout lui revient d'un coup. Elle tend le bras, pointant frénétiquement du doigt les trois sortceliers comme pour les dénoncer, mais l'émotion est trop forte, aucun son ne parvient à sortir de sa bouche.

Cal et Moineau se regardent. Cette fouineuse les a encore espionnés ! Il ne manquait plus que ça !

Cal laisse Moineau soutenir seule Tara et s'approche de Sandra, à la grande frayeur de cette dernière. Il lui saisit le bras.

— Par le Mintus, murmure-t-il.

Sa magie s'enroule discrètement autour du bras de Sandra. La jeune fille a comme un flash qui brouille tout dans sa tête. Les images ne s'effacent pas mais s'entremêlent jusqu'à devenir des souvenirs sans queue ni tête. En

proie à un étourdissement, Sandra se laisse à nouveau glisser le long de la vitrine.

— Tara… murmure-t-elle, dites-lui qu'elle est invitée à ma fête, sinon… pas d'équation parfaite… ma tête, ça tourne. Livia ? Je ne me sens pas bien, mais alors, pas bien du tout !

— Toi aussi, tu peux venir à la fête ! s'écrie Livia à l'attention de Cal.

— Si je dérange, il faut le dire, ronchonne Moineau.

— Pas du tout, s'enthousiasme Livia. Tu es toi aussi obligée de venir, sinon « pas d'équation parfaite », comme dirait Sandra !

Cal et Moineau ne cherchent pas à comprendre et promettent de transmettre l'invitation à Tara dès qu'elle ira mieux. Ils laissent les deux filles à leurs paquets.

Une fois au Manoir, les deux Guetteurs installent Tara sur son lit. La jeune fille est toujours inconsciente. Cal allume son cristal et le passe au-dessus du corps de leur amie, comme un scanner.

Un signal sonore retentit.

— Il y a un point d'impact magique au niveau du cœur, dit Cal. Tara a bien reçu un sort.

— Oui, mais lequel ? s'inquiète Moineau en ouvrant son cristal à son tour.

Sur le cadran, toute une série de symboles défile jusqu'à s'arrêter sur une figure représentant un cœur brisé.

— Un Contraignus Pernicius ! s'écrie Moineau, horrifiée. C'est ignoble, comme sort ! Il agit lorsque Tara est en présence de gens qu'elle aime.

— Nous avons un Semchanach dans la nature, en déduit Cal, et il a osé s'en prendre à Tara en la manipulant. Il va le payer !

— Tout d'abord, il faut trouver un moyen de délivrer Tara de ce Contraignus, tempère Moineau. Connaître l'identité de l'agresseur nous mettrait sur la piste d'un antidote.

Cal essaie d'appeler Maître Chem, Isabella Duncan et même Manitou, mais personne ne répond. L'équipe Alpha est livrée à elle-même ! Le jeune Voleur Patenté se met à faire les cent pas dans la chambre en se grattant nerveusement le cuir chevelu.

Moineau s'assoit à côté de Tara et lui enlève des cheveux les derniers éclats de meubles et de plâtre, vestiges du violent combat dans le vidéoclub. Leur amie semble si paisible...

— Le comportement de Tara a commencé à changer un peu avant que nous arrivions au Manoir, réfléchit Moineau à voix haute. L'attaque a sans doute eu lieu sur le chemin sans que nous nous en rendions compte. Peut-être que l'agresseur a laissé des indices qui nous permettront de remonter jusqu'à lui...

— Bonne idée, on y retourne, mais on emmène Galant, dit Cal en récupérant le collier dans la poche de son amie. Si jamais Tara se réveille et s'en prend à son propre familier, ça risque de la tuer.

Moineau caresse une dernière fois le front de leur amie.

— Ne t'inquiète pas, Tara, nous allons trouver un moyen de te libérer...

— Manoir !? appelle Cal. Tara est malade. Personne ne doit l'approcher et surtout elle ne doit pas quitter la propriété, c'est très important !

Le bruit d'une porte qui claque leur indique que le message est bien passé. Cal et Moineau sortent de la chambre, rassurés de savoir leur amie en sécurité.

Pendant ce temps, Serena est de retour à la *Sorcière d'Argent*. Elle fête sa victoire avec une autre entrecôte pressée, devant le regard vide de Johanna. La serveuse est à nouveau sous l'emprise de la Vampyr.

— Assis ! ordonne Serena. J'ai besoin de parler.

Johanna obéit et s'installe face à elle.

— J'aime bien cet endroit, déclare Serena en regardant autour d'elle. Je vais en faire mon quartier général quand j'envahirai la Terre, dès que je me serai débarrassée des Guetteurs et que j'aurai fait venir mes armées. Car, vois-tu, euh… Machine ?

— Johanna, précise la serveuse.

— Je préfère « Machine ». Donc, sache, Machine, que tous les Vampyrs d'AutreMonde ne sont pas des lâches se contentant de sang animal. J'ai de puissants alliés qui ne rêvent que d'une chose : débarquer sur Terre pour tremper leurs canines dans de la chair humaine. J'y pense ! Rien ne m'empêchera d'organiser des « safaris-mâchoires » ! Je vais inventer le TGGM ! Le « Tourisme Gastronomique Galactique Massacreur ». Je m'étonne moi-même de mes bonnes idées. Machine, c'est un plaisir de discuter avec toi. Ta présence me stimule. Je vais donc attendre un peu avant de te mordre.

— Comme il vous plaira, madame, répond Johanna.

Serena ouvre son poudrier : l'image de Tara endormie fait rire la cruelle Vampyr.

— Dors, petite sotte, dors ! Tes amis t'ont déjà abandonnée à ce que je vois !

Elle le referme d'un coup sec.

— Passons à la dernière phase de mon plan génialissime…

Sur le chemin qui monte des faubourgs de Rosemond au Manoir, Cal et Moineau scrutent les bas-côtés à la recherche d'indices.

— Tu aperçois quelque chose ? demande Moineau.

— Rien ! répond Cal, agacé. Nous avons refait la route dans tous les sens, et rien !

Soudain, le collier de Tara enroulé autour

du poignet du garçon se met à vibrer puis se transforme en Galant. Le Pégase pousse un hennissement victorieux et se précipite en piaffant derrière le mur d'où Serena a lancé son sort sur Tara. Les deux jeunes sortceliers le rejoignent et découvrent au sol deux traces de pas.

Cal et Moineau échangent un regard lourd de sens. Ces empreintes, plus longues et plus fines que celles de pieds humains, ne peuvent appartenir qu'à un seul type de créature.

— Vampyr, prononce Cal dans un souffle.

— Serena, lui répond Moineau en se souvenant de ce que Maître Chem leur a dit plus tôt dans la journée, la Vampyr qui vient de s'échapper de prison sur AutreMonde !

— Une Vampyr apparaît sur Terre au moment où une autre s'évanouit dans la nature sur AutreMonde… Tu as raison, Moineau, ça ne peut pas être une coïncidence…

Un détail revient alors à la mémoire de Cal. Il doit aller vérifier quelque chose au vidéoclub. Il invoque un Transmitus et disparaît, emmenant Moineau et Galant avec lui.

Chapitre 5

Le piège

Le Manoir Vivant a fort à faire. Quelqu'un demande à entrer dans la propriété, mais les ordres du jeune Caliban étaient clairs. Personne ne doit pénétrer ici.

— J'ai un message pour Tara Duncan ! crie

la mystérieuse silhouette, fatiguée de sonner pour rien. Laissez-moi entrer !

Au-dessus d'elle, la caméra de surveillance fait un mouvement de gauche à droite, comme si le Manoir faisait « non » de la tête.

D'un bond, l'inconnu saute par-dessus le portail mais percute un mur invisible qui le renvoie au sol.

Ivre de rage, Serena baisse la capuche qui lui cachait le visage, et se met à insulter la caméra dans toutes les langues AutreMondiennes qu'elle connaît. Aussitôt, un jet d'eau surgit de nulle part et arrose copieusement la Vampyr.

Les yeux jaunes de la créature d'Autre-Monde flamboient. D'expérience, elle sait que la force sera inutile contre le Manoir Vivant. Reste la ruse.

— Très bien, tu as gagné, dit-elle en se relevant, je m'en vais.

Serena s'engage sur la route, faisant mine de quitter les lieux. La caméra, méfiante, continue de la suivre. La Vampyr fait soudain volte-face.

– Par l'Opacus ! hurle-t-elle.

L'attaque magique frappe la caméra, aveuglant le Manoir pendant un court instant.

Ces quelques secondes suffisent à Serena pour lancer un second sort, un Transformus, qui passe entre les barreaux de la grille et décapite au passage une rose, dont il prélève deux pétales. Ceux-ci se transforment alors en une bouche qui vole à toute vitesse vers le Manoir. Ce dernier claque toutes les fenêtres, calfeutre toutes les ouvertures, mais il est déjà trop tard pour la chambre de Tara. Le jet de magie franchit la fenêtre juste avant qu'elle ne se referme, et vient percuter le mur au-dessus du lit.

Toujours à l'extérieur, devant la maison, Serena ouvre son poudrier et se met à parler.

Dans la chambre, les lèvres s'animent, découvrant une dentition d'un blanc éclatant, et prononcent les paroles que la Vampyr émet de l'extérieur.

— Tara Duncan! appelle la bouche. Tara Duncan!

La jeune fille finit par ouvrir un œil puis se réveille tout à fait. Elle se redresse en se tenant la tête. Les images de son duel avec Cal et Moineau lui reviennent.

— C'est un cauchemar… Je n'ai pas attaqué mes propres amis… balbutie Tara.

— Non, ce n'est pas un cauchemar, c'est la réalité! intervient la bouche.

Tara découvre avec stupeur ces lèvres géantes accrochées au mur de sa chambre.

— Qui êtes-vous? demande la jeune fille.

— Je suis une amie de ta mère et j'ai les réponses à toutes tes questions.

Tara lève un sourcil.

— C'est étrange, dit-elle. Si ma mère avait

eu des bouches dans ses relations, je crois que je m'en souviendrais !

Sur la route, Serena trépigne. Comment cette gamine arrive-t-elle encore à se moquer d'elle ?

— Ce n'est pas le moment de plaisanter ! crie la bouche, avant de reprendre sur un ton plus posé : je veux dire, la situation est grave. Tous tes amis t'ont trahie, ils t'ont abandonnée !

— Jamais ! s'écrie Tara. Cal et Moineau ne m'auraient jamais…

Tara ne finit pas sa phrase ; les images de Cal et Moineau unissant leur pouvoir pour lui lancer un Assommus provoquent une grosse boule dans sa gorge. Elle pose machinalement sa main à la base de son cou : le collier a disparu ! Où est Galant ?

— Ta mère, elle, ne t'a pas abandonnée, elle est revenue d'AutreMonde et elle t'attend à la *Sorcière d'Argent*.

Tara hésite. Elle sent son cœur qui bat à tout rompre. Après tous ces longs mois de silence, sa mère aurait réapparu comme par enchantement ? Elle n'ose pas y croire, ce serait tellement merveilleux ! Elle a tant attendu ce jour…

— Je… Je vais aller vérifier moi-même, finit-elle par dire.

Tara se lève et va pour ouvrir la porte, mais celle-ci se referme aussitôt à double tour.

— Manoir ! Qu'est-ce qui te prend ? Ouvre-moi tout de suite ! crie Tara.

— Voilà pourquoi ta mère n'a pas pu venir jusqu'ici, susurre la voix diabolique. Elle sait que ton entourage veut t'empêcher de la voir. Voilà des mois et des mois qu'ils te font croire qu'elle a disparu.

La tête lui tourne. On lui aurait menti depuis tout ce temps ? Maître Chem ? Sa grand-mère ? Ses amis ? Tous des menteurs ? Tara est perdue. Des larmes lui viennent. Malgré son émotion, elle lutte pour se concentrer et tente un Transmitus, qui échoue, bloqué par le Manoir.

— Tu leur fais peur, Tara. Tu es trop incontrôlable.

— Je ne le fais pas exprès ! proteste Tara.

— Ta mère le sait, et elle seule peut t'aider. Mais avant il faut que tu échappes à cette prison !

Au mot « prison », le sang de Tara ne fait qu'un tour. Jamais personne ne la privera de sa liberté !

Un Levitus vient frapper la porte contre laquelle Tara concentre toute sa magie. Le Manoir Vivant essaie de résister, mais la jeune sortcelière est trop puissante pour lui. La porte de la chambre s'ouvre dans un grincement réprobateur. La porte d'entrée connaît le même sort, ainsi que la grille de la propriété.

Tara s'engage en courant sur la route de Rosemond. La surprise a laissé place à un fol espoir : et si sa mère était vraiment de retour ? Et si la bouche disait vrai ?

Au vidéoclub, Cal fouille dans les décombres. Galant se tient prostré dans l'arrière-boutique, à l'abri des regards. Le Pégase pousse régulièrement de petits cris plaintifs. Sa maîtresse lui manque cruellement.

— Cal, nous perdons du temps, s'inquiète Moineau en refermant le cristal à son poignet. Je viens de lancer une recherche pour localiser Serena. Nous devons retourner au Manoir avant que Tara se réveille.

Cal se gratte la tête, il ne sait pas ce qu'il cherche exactement ! Il n'a qu'un vague souvenir : une sorte de bout de papier s'était étrangement envolé de la poche de Tara juste avant que celle-ci se transforme en furie. Mais comment retrouver quoi que ce soit au milieu des centaines de DVD éparpillés un peu partout dans la boutique ?

— Tu es sûre que je ne peux pas utiliser la magie pour y voir plus clair ? demande-t-il à nouveau.

Moineau regarde à travers la vitrine.
— Non, il y a trop de monde dans la rue à cette heure-ci. Les éclairs vont forcément attirer l'attention.
— Tara a perdu quelque chose ici et mon instinct me dit que c'est très important…
— J'ai une idée ! s'exclame Moineau. Galant ? Viens ici, mon beau.

Le cheval ailé vient timidement la rejoindre. Moineau lui flatte l'encolure.
— Il y a ici quelque chose qui a appartenu à Tara, il faut vite le retrouver.

Aussitôt, l'animal se met à fureter partout, utilisant son flair. Cal et Moineau croisent les doigts pour qu'aucun passant n'ait l'idée de jeter un coup d'œil dans le magasin.

Soudain, le Pégase se fige et, à l'aide de ses serres, dégage une photographie d'un tas de débris et de boîtiers. Moineau s'en saisit immédiatement.

— C'est une photo de la mère de Tara ! s'exclame la jeune fille.

Fier d'avoir pu se rendre utile, le Pégase retourne se cacher. Cal réfléchit à voix haute.

— Tara avait la main dessus lorsqu'elle est entrée dans la boutique, comme si cette photo lui permettait de retenir sa colère ou quelque chose comme ça…

Le visage de Moineau s'illumine. Elle saute au cou de son ami et, à sa grande surprise, lui dépose un baiser sonore sur la joue.

— Je crois que j'ai compris comment fabriquer un antidote ! s'écrie-t-elle. Bravo, Cal ! Ton intuition était juste ! Il faut que je vérifie mon hypothèse auprès de Maître Chem, peut-être est-il à nouveau joignable…

La jeune sortcelière ouvre son cristal.

« Vous êtes bien sur la boîte vocale du Haut Mage Chemnashaovirodaintrachivu, je suis actuellement indisponible. Pour toute demande d'intervention de Guetteurs sur Terre, veuillez vous adresser au service de garde SOS Semchanach, dont le numéro s'affiche actuellement sur votre écran. Et si c'est encore toi, Grand-Maman, qui veux me présenter à une dragonne de tes voisines, je te répète que je ne suis pas intéressé et cesse d'utiliser ce numéro professionnel ! »

Moineau raccroche. Si la situation n'était pas aussi dramatique, les deux amis auraient bien ri.

Un bip retentit au poignet de Moineau.

— Le cristal a retrouvé la trace de Serena ! Elle est à la *Sorcière d'Argent*.

C'est au tour du cristal de Cal d'émettre un signal sonore.

— C'est le Manoir Vivant qui m'avertit que Tara s'est enfuie, annonce le garçon, inquiet.

Cal pianote aussitôt sur le cadran de son cristal. Un plan de Rosemond y apparaît ainsi qu'un point rouge clignotant se déplaçant sur la carte.

— Je crois bien que Tara se rend... à la *Sorcière d'Argent* !

Chapitre 6

Règlement de compte à Rosemond

Le Manoir Vivant n'en a pas fini avec les visiteurs imprévus. Deux Nonsos arrivent devant la grille. Il décide de ne prendre aucun risque cette fois-ci et de déclencher le camouflage d'urgence.

— Tout ce chemin pour être sûre que cette Tara va bien venir ! peste Sandra Leylock.

La jeune fille tressaille. Chaque fois qu'elle prononce le nom de Tara, elle a comme des flashs de scènes étranges qui l'éblouissent : des gens qui volent, des meubles qui explosent, des rayons de lumière de toutes les couleurs… Sandra secoue la tête pour chasser ces images absurdes.

— Tout ce chemin pour que ton « équation parfaite » d'une soirée parfaite soit respectée, souviens-toi ! précise Livia.

— Tu as raison, l'équation parfaite, répète Sandra, l'équation par…

Elle ne finit pas sa phrase. De l'autre côté de la grille, sous ses yeux incrédules, une aile entière du magnifique Manoir Duncan vient de se dégonfler comme une baudruche. Puis c'est le reste de la bâtisse qui, en se contorsionnant dans tous les sens, fait place à une maison de bois en ruine.

La tête lui tourne. La jeune fille pivote et s'adosse à la grille, de peur que ses jambes la lâchent.

— Livia ? appelle-t-elle d'une petite voix.

— Oui ? demande l'intéressée, toujours sous ses paquets.

— Je ne me sens pas bien, mais alors pas bien du tout !

Sans s'expliquer davantage, Sandra repart vers Rosemond, zigzaguant sur la route.

— Sandra ? Qu'est-ce qui se passe ? Sandra ! Attends-moi !

Sans prendre le temps de regarder à travers la grille, Livia part à la suite de son amie, courant aussi vite que le lui permettent ses bras chargés de paquets.

— Dehors, tout le monde ! On ferme ! prévient Johanna, toujours sous l'emprise de Serena.

Elle met à la porte les derniers clients de la *Sorcière d'Argent*, faisant place nette pour que la Vampyr puisse tendre son piège. Johanna ne remarque pas les chaussures de Cal et de Moineau qui dépassent des rideaux près de la porte.

Serena en profite pour commander une nouvelle entrecôte et s'installe tranquillement à sa place habituelle tandis que la serveuse se rend dans les cuisines.

— Johanna est envoûtée, chuchote Cal à travers le rideau.

— Cal ? appelle Moineau d'une petite voix. Nous avons sauté deux repas depuis ce matin et nous sommes à deux pas d'une cuisine…

— Et alors ? demande son ami. Ne me dis pas que…

— Si, je sens que je vais me transformer si je ne mange pas…. maintenant !

— Retiens-toi ! Ce n'est pas le moment, Tara va arriver ! Si elle nous voit, elle ne pourra pas s'empêcher de nous attaquer.

Trop tard.

Deux grosses pattes poilues dépassent maintenant du rideau, qui dissimule mal la corpulence de la bête.

— Bravo pour le camouflage, peste Cal.

— Désolée…

Un rire tonitruant interrompt leur petite conversation. Serena vient d'apercevoir Tara dans la rue. La Vampyr se précipite pour se cacher elle aussi derrière les tentures. Elle accapare tout le tissu en s'enroulant dedans. De l'autre côté du rideau, Moineau et Cal se retrouvent sans rien pour se dissimuler.

— Suis-moi… murmure Cal.

Rasant le mur, les deux amis regagnent *in extremis* un autre pan de rideau plus éloigné de la porte.

Tara entre dans le café.

Raté ! Cal et Moineau sont maintenant trop loin pour lui sauter dessus avant qu'elle puisse réagir.

— Il y a quelqu'un ? appelle Tara.

La jeune fille traverse la salle sans voir personne. Elle se rend au bar et appelle à nouveau.

La serveuse, tenant une entrecôte crue à la main, vient à la rencontre de Tara.

— Vous êtes déjà là, constate Johanna. Il faut que je rapporte cette entrecôte, ma maîtresse n'en aura pas besoin tout de suite. Vous allez être servie dans un instant.

— Servie ? s'étonne Tara. Je n'ai pas encore commandé…

— Tout à fait, puisque c'est VOUS qui allez faire office de plat…

Johanna retourne en cuisine. Tara la suit du regard, interloquée.

C'est le moment qu'attendait Serena. Elle sort de sa cachette et s'approche de la nuque de sa proie, prête à y plonger ses canines.

Cal et Moineau n'ont pas le choix. Ils sont sur le point de bondir lorsque quelqu'un frappe contre le carreau de la porte.

— Tara ! Tu es là ? crie une voix de jeune fille.

Tara se retourne. Serena pivote derrière elle, telle une ombre. Cal et Moineau retiennent leur souffle. Leur amie fonce dans leur direction pour aller à la porte. Pourvu qu'elle ne les remarque pas maintenant !

À travers la vitre, Tara aperçoit Livia et Sandra qui sont dans la rue.

— Ouf, tu es là ! s'écrie Livia, soulagée, en apercevant Tara à l'intérieur. Peux-tu expliquer à Sandra que tu n'as pas « dégonflé » ta maison ?

Tara ne comprend rien à ce que lui raconte Livia. Elle jette un coup d'œil sur Sandra qui semble très agitée. Ses traits sont tirés, ses mains tremblent.

— Je ne vais pas bien… Je ne me sens pas bien… répète Sandra Leylock, les yeux dans le vague.

— La situation est grave, continue Livia, nous avons une fête à organiser, et il faut que

Sandra redescende sur Terre, sinon c'est tapisserie assurée ce soir…

— Tapisserie ? répète Tara, comprenant de moins en moins.

— Tapisserie ! relève Sandra.

Son visage s'illumine en reconnaissant Tara.

— Tara Duncan, annonce-t-elle d'une voix planante, je t'invite à ma fête, mais ce n'est pas parce que je t'aime bien, c'est parce que tu es la seule fille qui reste. En échange, je te file ma recette du masque de beauté au fromage de chèvre !

Livia n'en revient pas.

— Quoi ! s'écrie-t-elle. Mais c'est MA recette ! Je te l'ai donnée parce que tu étais ma meilleure amie !

— Quelle idée ! Je n'ai pas besoin de toi pour ça puisque JE suis MA meilleure amie, répond Sandra avec une franchise déconcertante.

— TROP, C'EST TROP !

Livia tourne les talons, abandonnant Sandra

et tous ses paquets devant la *Sorcière d'Argent*.

Sandra se retrouve donc seule sur le trottoir et c'est là que, comble de l'horreur, elle aperçoit la Vampyr Serena, surgissant de l'ombre, toutes canines dehors, prête à mordre la nuque de Tara.

Sandra veut crier, mais aucun son ne peut sortir de sa gorge. Ce n'est qu'un long souffle qui, en fin de course, prive la jeune fille d'oxygène et l'expédie aux pays des songes. Elle s'écroule sur le trottoir.

— Maintenant ! hurle Cal.

Moineau bondit de sa cachette et, grâce à sa puissante musculature de bête, envoie valser Serena à l'autre bout de la pièce d'un grand coup d'épaule. En même temps, ses bras enserrent Tara et l'immobilisent.

Dehors, Livia revient finalement sur ses pas afin d'exprimer le fond de sa pensée à Sandra et se retrouve face à face avec les crocs de Moineau, juste derrière la porte. Livia

s'évanouit à son tour.

Tara reconnaît Moineau et le Contraignus Pernicius entre en action. Ses mains se parent de feu magique, qui s'attaque aussitôt au pelage de la bête.

— Cal, c'est à toi ! hurle Moineau.

Les boules de feu sombre s'éteignent à l'instant précis où les lèvres de Cal écrasent la joue droite de Tara. Moineau fait de même et dépose plein de baisers sur l'autre joue.

— Je vous déteste ! hurle Tara malgré elle.

— Nous, on t'aime ! lui répondent ses amis en la couvrant de baisers.

Tara vacille, sa rage diminue. Moineau relâche son amie. Cal sort la photo de Séléna Duncan et la place d'autorité dans les mains de Tara. La chaleur du sourire de sa mère l'envahit.

Tara se concentre de toutes ses forces sur le portrait de sa mère. Sur le cadran du cristal de Cal, le symbole du cœur brisé se met à rapetisser.

— Ça marche ! se réjouit le jeune Guetteur. Ça marche ! Il faut tenir !
— Que font-ils, ces deux-là ? rugit Serena en se relevant. Vous ne devriez pas être ici ! Elle n'est plus votre amie !

De sa main libre, Cal expédie un Mouvus, un sort de répulsion, sur une table qui part s'écraser contre Serena, la mettant K.-O. pour quelques instants.

Tara est prise de tremblements et s'écroule dans les bras de Moineau. Le cristal émet un signal sonore : le symbole du cœur brisé a complètement disparu !
— On a réussi ! Tu es libérée, Tara ! crie Cal, victorieux.
— Libérée ? s'étonne Tara, dont les forces reviennent.
— Serena t'a ensorcelée ; elle te faisait détester tous ceux que tu aimes, lui explique Moineau. Le seul antidote possible consistait à te montrer notre affection même si tu nous

rejetais. Voilà pourquoi la photo de ta mère te permettait de résister. Car, quoi que tu fasses ou dises, elle continuait à te sourire.

— Tara Duncan ! crie Serena en bondissant sur le comptoir toutes griffes dehors. Par le Supplicius !

Trois jets de magie blanc et rouge jaillissent de ses mains et fondent sur chacun des membres de l'équipe Alpha.

Les trois amis se dispersent pour échapper à l'un des pires sorts qui puissent exister, celui qui fait endurer mille souffrances.

Cal bondit, prend appui sur le bar et s'enroule avec une extraordinaire agilité autour du jet lumineux. Mais ce dernier fait demi-tour et continue à poursuivre le jeune sortcelier à travers tout le café.

De son côté, Moineau plonge sous les tables mais, gênée par sa corpulence, elle ne peut échapper au sort qui la frappe au mollet.

Tara, quant à elle, se retourne, paumes en avant. Elle mobilise toute son énergie en un bouclier qui bloque l'attaque de Serena, mais la Vampyr est d'une puissance redoutable. L'impact fait reculer Tara, dont le dos heurte le juke-box. Tandis que l'appareil se met en marche, la magie bleue de Tara faiblit. Le sort de la Vampyr va bientôt atteindre sa peau. Il faut vite changer de tactique !

« La meilleure défense, c'est l'attaque ! » leur a souvent répété Maître Chem pendant leurs entraînements.

— Par le Miniaturus ! crie-t-elle.

Sa magie, redevenue d'un bleu turquoise éclatant, s'enroule autour du jet blanc et rouge et le réduit à néant.

Moineau hurle de douleur, la jambe prise dans un halo de magie qui ne veut pas cesser de la torturer.

— Par le Derobus ! crie Tara.

Deux jets de magie bleue interceptent les attaques de la Vampyr, et les détournent définitivement de ses amis.

Moineau a retrouvé sa forme humaine et a cessé de crier. La douleur reflue, mais la jeune fille, haletante, est incapable de bouger. Cal bondit auprès de son amie pour lui appliquer un Reparus qui l'aidera à retrouver plus vite son souffle.

Tara fait face à Serena, qui refuse de s'avouer vaincue. Les deux ennemies se toisent un moment, chacune à un bout de la salle.

— Tu ne vas pas oser tenir tête à une vieille amie de ta mère ? persifle Serena.

— Laisse ma mère en dehors de ça, gronde Tara. Tu as osé me faire croire à son retour ! J'espère que tu as bien profité de ton petit séjour sur Terre, car il se termine ici et maintenant !

— La Terre est à moi ! Vous, les humains, vous n'êtes que du bétail, dit la Vampyr dans un souffle.

— Dans tes rêves, sac d'os ! riposte Tara, bouillant de colère.

Cal et Moineau retiennent leur respiration. Ils ont l'impression d'assister à un duel de ces films que les Nonsos appellent des « westerns ». Même l'ambiance sonore est raccord. Le juke-box vient de lancer les premières notes de *Battle Swing*, le dernier tube de Madney Speer, la chanteuse préférée de Tara et Moineau. La coïncidence provoque un petit sourire en coin chez Tara. Se battre en musique, elle adore ça !

Tara et Serena dégainent leur magie en même temps et des boules de feu s'échappent de leurs mains, fusant les unes contre les autres. La sortcelière saute par-dessus le comptoir, qui explose sous les impacts, tandis que la Vampyr échappe aux tirs en se réfugiant derrière un box dont le haut se volatilise en une pluie d'allumettes incandescentes. Tara se relève aussitôt et « arrose » de magie la cachette de Serena. La Vampyr quitte le box réduit en miettes et envoie à son tour plusieurs salves de feu magique. Mobilier, murs, vaisselle, miroirs, machine à café, écran de télévision… Tout n'est bientôt plus que débris volant dans tous les sens, le tout rythmé par la voix de Madney Speer… jusqu'à ce que le juke-box fasse à son tour les frais d'une boule de feu perdue. La voix de la chanteuse s'éteint dans un dernier couac suraigu.

Cal détourne sa magie de la jambe de Moineau vers la vitrine de la *Sorcière d'Argent*, qui menace de voler en éclats à chaque échange. Les Reparus successifs qu'envoie Cal essaient d'effacer les impacts de magie et de débris au fur et à mesure qu'ils frappent le verre. Il faut tout faire pour ne pas attirer l'attention de l'extérieur ! Serena, dans un dernier roulé-boulé, se réfugie en cuisine et aperçoit la serveuse, recroquevillée derrière les fourneaux. La Vampyr n'hésite pas une seconde, elle se saisit de Johanna et s'en sert comme d'un

bouclier humain qu'elle pousse devant elle. La créature d'AutreMonde est obligée de reconnaître qu'elle ne fait pas le poids face à la puissance de feu de Tara. Ce n'est que partie remise, elle reviendra !

— Elle a un otage ! crie Moineau.

Tara cesse aussitôt ses attaques. Serena revient dans la salle de la *Sorcière d'Argent* – ou plutôt ce qu'il en reste –, ses griffes acérées contre la gorge de Johanna.

— Laissez-moi partir ou je la découpe ! menace la Vampyr.

Moineau est la plus rapide. Elle lance un objet aux pieds de Johanna et de Serena. Avant que celle-ci puisse reconnaître le collier, il se transforme en un magnifique Pégase dont les serres se referment sur les bras de la Vampyr, délivrant aussitôt la jeune serveuse.

La Semchanach bondit au plafond et, telle une araignée, la tête à l'envers, fonce à quatre pattes vers la sortie.

Un seul regard suffit aux membres de l'équipe Alpha pour se concerter.

— Par le Transformus ! incantent-ils ensemble.

Leurs magies se mélangent avant de frapper la Vampyr à l'arrière-train. Un flash les aveugle un court instant. Lorsque les trois amis rouvrent les yeux, c'est pour découvrir une grosse pintade violette qui bat désespérément des ailes pour se maintenir en l'air avant de s'écraser au sol dans un nuage de plumes.

— GLOU, GLOU, GLOU ! se met à hurler la nouvelle Serena.

— Nom d'un spatchoune à dents ! s'exclame Cal. Je ne m'attendais pas à ce genre de transformation… Cette « chose » à plumes violettes, c'est ton idée, Tara ?!

Tara ne répond pas, elle a le visage plongé dans la crinière de Galant. Celui-ci frotte ses naseaux contre la nuque de sa maîtresse.

— Bravo, Galant, tu as été très courageux. Tu m'as tellement manqué, murmure la jeune fille.

Cal attrape un seau à glaçons vide ayant réchappé au saccage et le retourne sur le volatile en lui laissant juste de quoi respirer.

— En voilà une qui n'est pas près de nous embêter à nouveau ! s'écrie le garçon joyeusement. Il n'y a plus qu'à attendre que Maître Chem vienne la récupérer.

— Il suffit de demander, jeune sortcelier ! tonne une voix puissante.

Un tourbillon de lumière dorée laisse apparaître un magnifique dragon bleu et argent.

— Enfin ! soupire Moineau, on a essayé de vous joindre tout l'après-midi !

— Votre Sanatorium est terminé ? demande Cal.

— Symposium, Caliban, Symposium et, non, il n'est pas terminé. J'étais en pleine conférence sur la réglementation des importations de vaches laitières terriennes lorsqu'on m'a averti que des pics de magie non autorisée étaient détectés sur Rosemond. Je comprends mieux lorsque je vois ce que vous avez fait de cet endroit, ajoute le dragon en regardant le restaurant entièrement dévasté.

— J'avais un compte à régler avec celle-ci, précise Tara en désignant la pintade. Elle a osé essayer de me séparer de mes amis. De mes meilleurs amis !

— Alors, Serena, gronde le dragon, tu as cru t'attaquer au point faible de Tara, j'imagine. Grossière erreur ! L'amitié restera toujours une des plus grandes forces qui existent !

Le dragon enlève le seau et passe une laisse autour du cou de la prisonnière.

— Il va falloir que tu nous expliques comment tu as réussi à venir sur Terre sans que nos services s'en aperçoivent.

— Glou, glou ! répond la pintade avec dédain.

Maître Chem se saisit de Serena et fait apparaître autour d'eux un tourbillon de lumière dorée.

— Maître Chem ? demande Tara.

Mais le dragon s'est déjà évanoui en direction d'AutreMonde. Tara pousse un long soupir.

— Qu'est-ce qu'il y a ? s'inquiète Moineau.

— Je voulais lui demander où en était l'enquête sur la disparition de ma mère… Elle me manque tant…

— Nous sommes là… dit Moineau en prenant Tara dans ses bras.

Tara ne dit rien, mais les regards qu'elle échange avec ses deux compères valent tous les remerciements du monde.

Quelques instants plus tard, les trois Guetteurs ont fini de remettre de l'ordre dans le café-restaurant. Ils ont dû utiliser tellement de Reparus et de Mouvus qu'il ne leur reste presque plus une goutte de magie. Sandra, Livia ainsi que Johanna flottent au-dessus du bar dans un halo bleuté.

— Tu crois que le sort a agi suffisamment longtemps ? demande Tara à Moineau.

— Nous pouvons les réveiller, assure son amie. Avec ces nouvelles formules de Mintus, même Sandra ne se souviendra de rien, ou, du moins, de presque rien.

Tara claque des doigts et Johanna descend se placer derrière le bar pendant que Sandra et Livia atterrissent autour d'une table où les attendent deux sodas. Cal, Moineau et Tara prennent place face à elles. Nouveau claquement de doigts et tout le monde se réveille. Johanna manque de tomber en arrière. La jeune femme se ressaisit lorsque Cal l'interpelle.

— Johanna ? Un jus d'oranges pressées, s'il te plaît.

— Euh… Oui… Bien sûr, tout de suite…

Tandis qu'elle entre dans la cuisine, un haut-le-cœur la saisit en apercevant le congélateur à viande. Une curieuse image vient de lui revenir : une main pressant une entrecôte dans un verre. Beurk ! La jeune femme prend vite le filet de fruits et se remet au travail en chassant cette étrange pensée.

Dans la salle, Sandra et Livia se regardent, interdites, en se demandant ce qu'elles font à la table de Tara et ses amis.

— Les préparatifs de cette fête vous ont drôlement fatiguées, dit Moineau, les yeux pleins de malice. Vous dormez debout !

Sandra bondit sur ses pieds.

— Ma fête ! Rien n'est prêt ! Vite !

Les deux filles ramassent à toute vitesse leurs multiples paquets.

— Alors ? demande Moineau. Vous ne nous avez pas dit à quelle heure la fête commençait. Nous sommes tellement contents d'être invités TOUS LES TROIS que nous ne voudrions pas arriver en retard.

Tara et Cal se retiennent d'exploser de rire devant l'audace de leur amie. Sandra est trop paniquée pour protester.

— C'est à vingt heures ! crie-t-elle en se sauvant avec Livia.

Toute contente d'elle, Moineau se tourne vers ses deux amis.

— Notre première fête chez des Nonsos !

Chapitre 7

L'équation... presque parfaite

— J'adore cette soirée ! s'enthousiasme Cal.

Le garçon se sert un verre d'eau fraîche au buffet. Il en tend un autre à Moineau, qui est aussi essoufflée que lui. Le grand salon des Leylock est devenu une piste de danse où de

jeunes gens se trémoussent sur les tubes les plus endiablés du moment.

— Voilà longtemps que je ne m'étais pas autant amusée ! s'exclame Moineau.

Des cris retentissent dans la pièce d'à côté.

— Tu n'es pas la seule, lui répond Cal en montrant Tara.

Leur amie vient de bondir de joie par-dessus le canapé installé devant l'écran géant retransmettant la finale de basket. À ses côtés, les jumeaux Cristov applaudissent à tout rompre en poussant des cris heureux. Leur équipe favorite vient de mettre le panier leur assurant la victoire.

— En revanche, j'en vois deux autres qui ne sont pas à la fête…

Effectivement, près de la porte d'entrée, Sandra et Livia boudent.

— Je pense que tu as fait une erreur de calcul dans ton « équation parfaite » ! grommelle

Livia en regardant d'un côté Tara, Jordan et Jérémy, et de l'autre Cal et Moineau.

Sandra se contente de lui flanquer dans les bras un saladier rempli de cacahuètes.

Malgré le bruit, elle entend qu'on sonne au portail de la propriété. Elle allume l'interphone vidéo, mais personne n'apparaît sur le petit écran.

— Il y a quelqu'un ? demande la jeune fille.

— Bonsoir, répond une voix à l'interphone. J'ai un message pour Tara Duncan. Pouvez-vous l'avertir que sa grand-mère et son arrière-grand-père sont revenus du Symposium sur Autre… hum… sont rentrés de voyage ? Je vous remercie, jeune fille.

Le mystérieux interlocuteur raccroche. Sandra reste à scruter l'écran, mais la caméra ne montre personne dans la rue éclairée… hormis un gros labrador qui repart en trottinant.

Livide, elle éteint l'interphone.

— Je ne me sens pas bien, murmure Sandra, mais alors… pas bien du tout !

FIN

Dans la même collection

1. La sirène muette

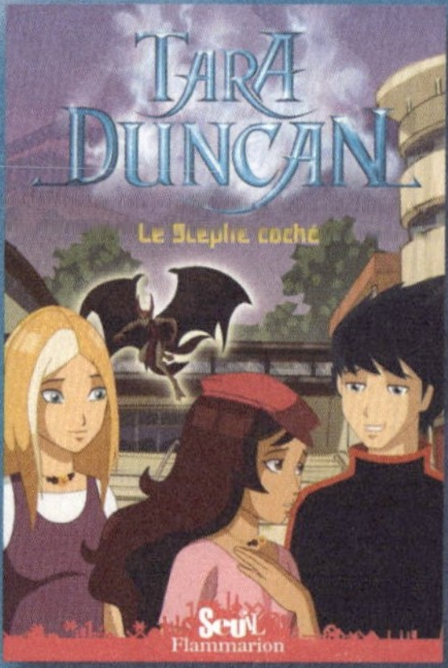

3. Le Sceptre caché

4. La Licorne décornée

À paraître

5. La soif de l'or

6. Ma sortcelière mal aimée

7. Robin des elfes

8. Sirène malgré elle

9. Quatre parchemins

10. Le regard de Claire

Achevé d'imprimer en août 2010 sur les presses de DEDALO en Espagne .
Dépôt légal : octobre 2010